AF346471

10 Centimes

LE MELON DE GILL

1re COMPLAINTE

27586

IMPRIMERIE PARISIENNE

F. Dufour et Cᵉ, boul. Bonne-Nouvelle, 16, et imp. Bonne-Nouvelle, 6

LE MELON DE GILL

COMPLAINTE EN 23 COUPLETS

sur l'air immortel de FUALDÈS

I

Écoutez, messieurs, mesdames,
Gardes nationaux aussi,
La complainte que voici ;
Elle est à fendre les âmes.
C'est l'histoire d'un gros fruit
Qui fait joliment du bruit.

II

Lorsque de la Seine à l'Èbre,
Et de Pékin à New-York
(Plus obscène que le porc),
Un melon devient célèbre,
L'histoire de ce melon
Doit s'écrire tout au long.

III

Écoutez donc les tristesses
D'un cantaloup ingénu,
Hier encore inconnu
Des ducs et des vicomtesses;
Mais le grand monde aujourd'hui
A mis son portrait chez lui.

IV

Dans le journal que j'habite
Je m'appelle monsieur X ;
Mais quel X ? oh ! par le Styx,
Foi de simple cucurbite,
Je vous jure que cet X
N'a rien de bien subversix !

V

Mon père était détestable ;
Ce vieillard encor trop vert
D'un noir mépris fut couvert
Par un sous-préfet, à table.
Hélas ! quand il disparut,
Ma mère en couches mourut.

VI

Mais moi, je suis incapable
De tromper l'autorité.
Malgré mon obésité,
Non, je ne suis pas coupable
Si je le suis par moment,
C'est au couteau seulement.

VII

Donc, je vivais côte à côte
Avec mes frères ventrus,
Admirés par des intrus,
Des gros mangeurs de la haute
Ils disaient entre leurs dents :
« Oh ! comme ils seront fondants. »

VIII

Lorsque le poids de ma sphère
Eut aplati mon fumier,
« Le mieux, se dit mon fermier,
Le mieux que je puisse faire,
C'est, je crois, de le cueillir,
Et Paris va l'accueillir ! »

IX

On m'amena donc aux Halles,
Sous prétexte, c'est charmant,
Que notre gouvernement
Les appelle les Centrales !
Ce motif, bon, mais nouveau,
Trouble mon faible cerveau.

X

Néanmoins, plein d'assurance,
J'y parus comme un vainqueur,
Murmurant du fond du cœur :
Que Dieu protége la France !
Ce cri n'est pas sous les cieux
Encor trop séditieux !

XI

Au bout d'une heure et demie,
Un bel *artisse* passa.
Il me vit, et dit : « C'est ça
« Qu'il me faut, ô mon amie ! »
La marchande, en minaudant,
Conclut ce pacte imprudent.

XII

Car les *artisses* infâmes,
A ce que prétend Bussy,
N'ont jamais que ce but-ci :
Tromper rudement les femmes !
Mais l'*artisse* avait fait voir
Qu'il possédait quelque avoir.

XIII

— Puisque j'ai vu votre bourse.
Fit la marchande, prenez ;
On peut y mettre le nez.
Mais bornez là votre course.
Allez, c'est un fier régal
Que ce melon sans égal !

Au prix de trois francs cinquante,
Cet *artisse* m'acheta ;
Devant tous il les compta :
La chose n'est pas fréquente !
(Moi, j'adore ces gueusards
Qui cultivent les beaux arts!)

Cet *artisse* est un jeune homme ;
Ses cheveux sont assez longs,
Il se moque des Salons
Comme des Chambres, en somme.
Je ne sais pas quel âge il
A, mais il se nomme A. Gill.

XVI

De plus il n'est pas bégueule :
« Je te trouve rigolo,
Me dit-il, et chez Polo
Je vais dessiner ta gueule. »
Dans quel but? voilà le *hic*.
C'est l'affaire du public.

XVII

Avec des yeux, une bouche,
Un nez, des pieds et des mains,
Comme mes cousins germains,
Les hommes, j'eus une *touche;*
Cette touche est sans attrait,
C'est un excellent portrait.

XVIII

La foule fut étonnée,
Et l'on s'écriait tout bas :
Mais c'est un tel!... n'est-ce pas,
Cette trogne bourgeonnée ?
Bref, chacun lâchait un nom,
Et nul n'y répondait : non!

XIX

Les grands ont traité d'immonde
Ce visage réjoui
Dont chacun avait joui
Pour deux sous, somme peu ronde.
On se regardait surpris ;
Du reste, on n'a rien compris.

XX

Dans les sombres ministères,
On vit des bancs d'employés,
Veufs, et par les ans ployés,
Pris de rougeurs solitaires,
Sur leurs ronds de cuirs, anxieux.
Ils pleurent. — Pleurez mes yeux !

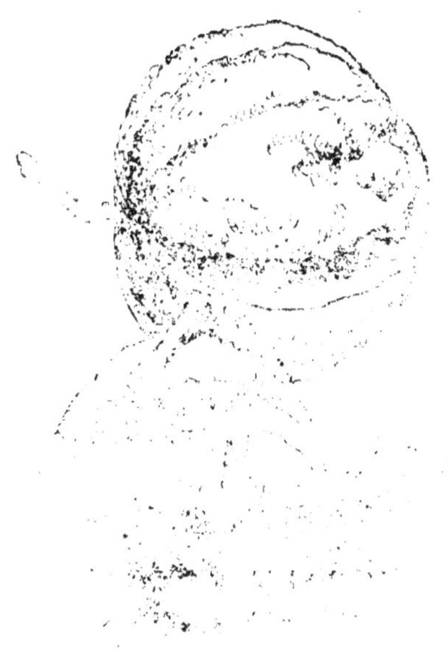

XXI

Les juges mettront leur robe
Pour examiner mon cas.
Dieu ! quel trac et quel tracas :
J'en deviens presque hydrophobe !
Oui, melons, on verra nos
Fronts devant les tribunaux.

XXII

L'opprobre comme un flot monte,
On se fait bander les yeux
Pour nous manger dans les lieux
Les plus secrets. Quelle honte !
Les gens les plus dévoyés
Nous chassent de leurs foyers !

MORALE

Suis-je donc un misérable ?
Je veux partir en exil,
Puisque mon pauvre profil
Va devenir exécrable,
Même chez Veuillot, et chez
Les obscènes maraîchers !

Un Melon désespéré.

www.ingramcontent.com/pod-product-compliance
Lightning Source LLC
LaVergne TN
LVHW011931170726
843501LV00011BA/4342